北岳诗库

孔令剑
— 主编 —

唐诗里的茱萸

LI QINGXIAN
WORKS

李庆贤 ———————— 著

山西出版传媒集团　北岳文艺出版社

·太原·

图书在版编目（CIP）数据

唐诗里的茱萸 / 李庆贤著. —太原：北岳文艺出版社，2018.8
（北岳诗库 / 孔令剑主编）
ISBN 978-7-5378-5679-9

Ⅰ. ①唐… Ⅱ. ①李… Ⅲ. ①诗集－中国－当代
Ⅳ. ① I227

中国版本图书馆 CIP 数据核字（2018）第 210529 号

书　　名	唐诗里的茱萸
著　　者	李庆贤
策　　划	续小强
责任编辑	樊敏毓
特约编辑	李　飞
书籍设计	张永文
印装监制	巩　璠

出版发行	山西出版传媒集团·北岳文艺出版社
地　　址	山西省太原市并州南路 57 号
邮　　编	030012
电　　话	0351-5628696（发行部）
	0351-5628688（总编室）
传　　真	0351-5628680
网　　址	http://www.bywy.com
E－mail	bywycbs@163.com
经 销 商	新华书店
印刷装订	山西万佳印业有限公司

开　　本	890mm×1240mm　1/32
字　　数	134 千字
印　　张	6.5
版　　次	2018 年 8 月第 1 版
印　　次	2021 年 1 月山西第 2 次印刷
书　　号	ISBN 978-7-5378-5679-9
定　　价	39.00 元

本书版权为本社独家所有，未经本社同意不得转载、摘编或复制

策划人语

"诗歌出版"是北岳文艺出版社的重要传统。前有"黑皮诗丛",后有"天星诗库",皆为中国当代诗歌杰出诗人之重要出发地。更有"外国名诗珍藏",如今依然为广大诗歌爱好者所珍赏。

"北岳诗库"赓续如此光荣传统,其目光聚焦山西诗歌这一繁盛沃土,其旨在于不间断展示山西诗歌创作实绩,更瞩望为山西诗人造一清静小园。

"北岳诗库",是我们探求共建共享出版模式的开端。大风吹宇宙,红日照高山。祈愿"北岳诗库",如恒山一般,巍然耸立。

续小强

2018 年 2 月 2 日

目 录

第一辑 铜灯

青年神　/ 3
哦，月亮　/ 4
距离　/ 5
今夜　/ 6
夜晚，我的生命用来游荡　/ 7
红月亮　/ 8
一个人，或一匹马的情史　/ 10
高山在上　/ 15
物语　/ 16
乞求　/ 18
痕迹　/ 19
深山界碑　/ 21
鸟声，或啁啾　/ 22
七里峪诗事：土匪窝　/ 24
过山溪　/ 26
陌上郎　/ 27
叮咛　/ 29

四张山水　　／ 30

老房子　　／ 31

苦孩子　　／ 32

沙子再小也是石头　　／ 33

变老和变轻　　／ 35

事因起源　　／ 36

岭上大雪　　／ 37

雪是水的另一种存在　　／ 38

植树人和树坑　　／ 39

铜灯　　／ 40

欢迎朝阳！升起朝阳　　／ 43

说起美景，全是回忆　　／ 45

新破阵子　　／ 46

一副好棺木　　／ 48

夏泳　　／ 49

狗头石　　／ 50

山行图　　／ 51

啼血杜鹃　　／ 52

我不是空空无依之人　　／ 53

伶仃　　／ 54

大风一夜　　／ 55

岳山道上　　／ 56

第二辑　佝偻之身

诧异　　／ 59

响声　/ 60

雷阵雨　/ 61

豆腐　/ 62

在老知青家闲聊　/ 63

南林交，读《竹竿》　/ 64

新句：杨之水　/ 68

花冠的骄傲　/ 69

北平镇　/ 70

我被鸟声掏空了什么　/ 72

温暖之中　/ 74

写意　/ 75

行走的心跳声　/ 77

我想的就是多　/ 78

无题　/ 79

在沉积中埋藏着灵气　/ 80

佝偻之身　/ 81

放晴日　/ 82

这么多年　/ 83

在一朵落花上放进重量　/ 84

问答　/ 86

鸟啼不是我的声音　/ 87

石头从寂寞中醒来　/ 88

窃爱之贼　/ 89

我开始　/ 91

春天复制了嘴唇的可爱　/ 93

从心上拿掉一块石头　/ 94

死　　/ 95

告白　　/ 96

对近墨者的解释　　/ 97

石头之记事　　/ 98

火焰和冰雪　　/ 100

药草　　/ 101

能够　　/ 102

衰老　　/ 104

高处颂　　/ 105

水面平静　　/ 106

安慰　　/ 107

夜寄鱼玄机　　/ 109

第三辑　欸乃声

望不尽　　/ 113

在安静等待出山的日子里　　/ 114

欸乃声　　/ 115

达人　　/ 116

蜻蜓　　/ 117

在海市蜃楼屋顶上　　/ 118

美人王元香　　/ 119

读柳永词，与之问答　　/ 120

空山不空，以美为满　　/ 121

拐弯看到自己的影子　　/ 122

断句　　/ 123

扬万里是个好老头　　/ 125

晋国的爱　　/ 127

偶成：飞出情感　　/ 129

失足在悬崖上　　/ 130

北风比刀刃还快　　/ 131

幸福迷失的春天　　/ 132

与涟漪有关　　/ 133

我家本民宅　　/ 135

赶路　　/ 136

瓦尔登湖　　/ 138

福气　　/ 140

流星　　/ 141

数《落雪图》中的三片雪　　/ 142

香邑湖　　/ 144

山中唱晚　　/ 145

与鹤同类，有一种孤静之美　　/ 146

问此江山　　/ 147

游青松岭，自己像回家的昆虫　　/ 149

第四辑　散曲：远

活着　　/ 153

致兄弟　　/ 154

钟表，在墙壁上停止了行走　　/ 155

散曲：远　　/ 157

大风歌　　/ 159

冬天迈的第一步　　／ 160

遇故人　／ 161

隐身暮色　／ 162

骑手和时间　／ 163

在屋檐下躲一场雷雨　／ 164

碑文　／ 165

我把自己放进月光的中心　／ 166

北风喊起我的小名　／ 167

在唐诗里度过一天　／ 168

雁北荞麦　／ 169

山野和空旷　／ 170

语音留言键　／ 171

一个天不会黑的地方　／ 172

天亮前　／ 173

致Z信　／ 174

每一只昆虫都有一个祖国　／ 176

在一条流水上寻欢　／ 177

山寂　／ 178

关闭眼睛，关闭低语　／ 179

内心是小小泥潭　／ 180

追蝴蝶　／ 181

在一块石头里，晃进晃出　／ 182

成形　／ 183

"咕喔喔，咕喔喔"　／ 184

第一辑 铜灯

照到灵魂,照到践踏
并暴露亡命之人
咬紧牙关,低头赶路

青年神

如果鱼还在水里潜游
如果虫子还在草丛鸣叫
如果月亮还背着夜晚的天空
孤独走在寻亲路上
那么青年人啊,你的舌头就在爱人嘴里
顶着爱的上颚
甘心当作被吮吸的神

哦,月亮

月亮是白玉盘
秀才举过头顶
月亮是画饼
穷人咬在嘴角
月亮是气泡(球)
被我捏在指尖
月亮是月亮
心装在自己的胸膛

距 离

我对距离这个词的理解
是有限的
我总觉得一眨眼
天涯就到跟前了
一转身,无论是在花前花后
未来成过去
记忆变得陈旧和发黄

我理解一阵风的长短
像理解流水弯曲
我想在距离这个词里种上青草
垫在屁股下面歇歇
与人谈谈心得

如果距离不远,如果交谈愉悦
在阴影里也可以进行
谈出新意,供泪水抹一圈眼睛

今 夜

今夜天空布满星星
集体眨巴眼睛,而有的不是传递秋波

今夜头上无雨
也就没有悲从中来,泪水洗面

今夜月亮高悬
读出墓碑上字

今夜星星挤着月亮
月亮叹息着对死者表示敬畏

夜晚，我的生命用来游荡

我转身看不见影子
也就相信了自己是世上的唯一

我唯一走在别人踩出的路上
蹚着幽静的月光
嘴里哼唱着通灵小曲

希望鬼神莫挡道
希望老天保佑

夜晚，我的生命用来游荡
用来查看不幸与万幸

我的行动如风飘过
因为快，膝关节开始痛苦呻吟
像来自一只黑色笛子

夜晚，七个小孔里发出的声音
让鬼神恍惚

红月亮

1

从 2018 年 1 月 31 日开始
倒退着走
路遇 1866 年的先人
他坐在自家屋檐下
望头顶红月亮
心想充饥的饼子
被缺心眼秀才画上天空去干什么

2

那个时候,旧朝文言文
发音吐字的气流
搬动雪地树影
让树枝缝隙里的红月亮
露出半张脸

3

我在剩下的时光里
给 1866 年到 2018 年

飘过一百五十年的一块云彩
穿上衣裳,坐上黑夜的马车
让沉重的轮子,有了幸运的吟诵

4

给遥远
就像被仰望的闹钟
嘀嗒声音反刍着黑夜里的人们
——于我谙熟啊

红月亮!一个剥离阴影被悬挂的
蜡笔画像

一个人,或一匹马的情史

1

在删掉个人情史的章节后
我只想到马匹
山中流浪并找回归宿

健壮,或者性感,惊呆了吃瓜虫兽
春天之前,秋天之后
容颜没得改变

使得钻进聊斋,跌出聊斋,也只见
一匹孤马月下彳亍
寻找还魂良药

2

不为忧郁
马蹄敲响鼓点

漫天飞雪中,梅花落地
漫天飞雪中,青竹伫立,不摇不动,我
被马蹄铁的金属击伤

丧尽灵气
混迹山中，影子穿过林间斑驳的亮光
摇晃着，闪动生活的不祥

3

领春木没有领到情史
连香树没有连上爱巢
黄翠相间的蜂鸟，在十里长亭的夕照里
啼唱：情是一把刀
不同于我，对死亡发出威胁

不同于我，或一匹马
连日奔波，似乎在生命快到尽头时
坐进流水里沐浴

我们的皮毛光滑如石
让生长的万物迷恋

我们悲伤时分采摘的花朵
点缀腰间，漂亮又心猿意马

4

情史会凋谢
会让色彩和芬芳变淡
时间的高手
正治愈精神上的病痛

让疗伤，用勇敢找到答案
直接到达一种密林
在不堪回首的情史里
从此安静

让心胸适度
祈求一个人的保佑

祈求一匹马的离奇失控
荡出陌生光芒

5

不以爱为己任
以天下一条未有的路
承受同情和羞涩的面积

这样，给啜泣找到音乐
给书页找到夹住的眼睛
在"失物认领处"，认领语言

早晨七八点钟的太阳留给恋爱的人们
也留给世界，蓝色天空上喷发的气流
在玫瑰花中痉挛

埋在身体里的莫名亢奋
像有一次恶性事件发酵

让我逃避责任

6

尔的国,尔的家,尔的姬
粉情红事,依然汹涌
而我追着马蹄陷进设置的情史里
渴望一次脱困后
香汗发冷,性事失败

7

眼瞧着花笺,小篆字被风吹
眼瞧着流浪汉,美妇被牵扯

我的梦白白流淌
而马披着一身大雪,白白呼吁

像被竖起来的绝望
无情削成峭壁
横列在静止的内部

8

天地心疼
一部个人情史
传说太多
幻觉太深

那些熟悉的,远近的,惊讶的
都以粗暴的方式开头:
我走出情史的泥潭,浑身无力
心跳概不由己

像矿藏,被掏空
像金子,被变色
像生命,被流产

我担的什么水?种的什么田?养的什么马
听骨头跟骨头争吵
从梦里恩爱

高山在上

一条花影远去,月光漫上台阶
一阵鸟鸣啁啾,打开我的嘴唇

高山在上啊,悲伤落地
太阳坠河

一河灿烂,一山粉黛
都亮成抬头露水,当镜自鉴

不用催促啊,一些脚步从暗处来去
风流泡白灯火,泡白征途

我在吟诵经文和赞美的颤抖里
渴求如水的女人,互诉衷肠

高山在上,受我一拜
高山在上,我看见埋有骨头的石冢

雨水从上面扶起因苍老而弯腰的
古木,保持巨大镇定

物 语

在天说天
在地说地

在一棵树后说到天黑
星星点灯,关好了窗户

月亮悄悄变白
似下了一层霜

似给树身镀上了银粉
从黑暗中闪亮发光

一夜之间,风吹来了所有
让云烟过眼成为时间

让童话开花树上
虚构自我

两张小矮人脸孔
轻红淡绿

一张贴近星球上望远镜
一张贴近高山上望远镜

彼此对视着
彼此内心的躁动与不安

乞 求

傍晚,被山中暮色吞没时
来到小店:
"今天赶路急,错过了饭点
有什么吃的端上来就行"
我忍不住饥饿
举起投降的白旗
乞求老板娘美丽之外的美食

痕　迹

路陷进泥泞
那位走不动的人
努力往好处想

再多走几步,途经前面的山口
必定有一片草场
和一座木屋,敞开着门

那扇油漆褪色斑驳的门框里
也必定有一个女人,目光清澈
巡视过缓慢山坡上的云朵

按照思维习惯
最后的路程就是温度
在不可缺乏的美中制造滋味

这在一个有牵挂的人那里
把思忖改成眺望
发现绿青虫搬运森林的痕迹

明显凸起，被无数次抚摸，放大
并战栗，滑过胸口
让一条甜蜜之蛇席卷

深山界碑

让我窒息,想死在山里的
不是庄严和石头
是一块界碑的意义,以及它的私有领地
必须有的巍峨

必须有的暗绿
一块石头沉重扒开自己
皮肤上的字迹
逼出我和它交换的眼神

鸟声，或啁啾

不管是啼是鸣是叫
总有鸟声喊不出的名字

名字就像面前一根白骨
足够产生敬畏

有人想让喊
有人不想让喊

所以，何必用石破天惊
去挑明呢

那对又圆又大的眼睛
那只又尖又弯的喙

站在雨中埋在雪里
抵疼了那些血，那些肉

鸟声一旦放弃了争吵
就不在骄傲

啁啁啾啾
也会随时光在寂静中溜走

七里峪诗事：土匪窝

和两大汽车的人
来到土匪窝
这不是我想要的来法
我希望乘着夜黑风高
独个上来
看不见路两旁那么多山花
看不见流水脚下颤抖
细高瘦瘦的晚风
长着小妖样子
除了红绿相间
还是红绿相间
我为了躲避替大王巡山的小妖
拽一下身边山花
暗示它快跑
乘着夜黑风高
咣当当，石头碰响了石头
咣当当，土匪窝里的土匪和叫玉的压寨夫人
打开了山门
自从躲进土匪内部以后
我已懂得世故和珍惜

懂得场面上的红情和粉事
所以只带得一朵山花
飞逃的刺激
使它陶醉

过山溪

在溪水里，要躲开尖利的石头
它已经划开水面的皮肤
疼进内心深处

要躲开也请别惊扰
哪怕一丁点的撞碰、剐蹭
都会挑起人们向死的想念

水深的地方，更要注意
尖利是沉默的，也更是偏执地
盯紧那些衣锦还乡之人

它是因了失魂落魄
一个人就在山中磨细尖利
就是要听被水溅响的声音

它不停地磨，前后往返里
把水搅动划破，让山顶古寺外的桃花
也流了血

陌上郎

我要出门访友
她说家里有酒有肉都留不住你
我还准备游览名山古刹
她说江湖凶险,招招夺命
我说我要学艺练功,百毒不侵
她说小人难防,世事难料
她劝我不要做梦,让人背后一刀
毙命树下,又被落叶覆盖
堆成秋天荒凉的土冢
我说也好,场面悲壮,形似马革裹尸
终日枕着胡琴声,弹响飞雪
白了一川石头,白了亡命天涯之路
她说好吧,好吧,野去吧
我给你做纸扎的大马
纸扎的盔甲,纸扎的日月鬼头砍刀
伴你骑着,自驾游一日天山雪域
我说,谢了,谢了,我会扬鞭奋蹄
踏乱一春浅草
搅碎流水荡漾
那里牦牛终生退隐闹市

居于深山对云彩点头
而她充耳不闻，闭关绿色小楼
用月色青光洗旧贞操
我说，何必呢，我宁可沿街赤身乞讨
露出背上文身虎头
煞有介事地约会英雄比武
如果因败而死，也不过是放下皮囊
在阴阳两界山上流窜
如果遇上黄昏，就给她报个平安
她大可放心，此刻山南山北的花开得正猛
像我的命数

叮咛

有一种叮咛,不让我奔跑
怕把沿途绿色冲淡下去
一些长穗子植物
会让胡子花白
从此产生老了、朽了、衰了等等之心

叮咛
用白雪一样冷的管控力
管控我
要不自私、欲望、阴险
会在善良的头顶巧立名目地作画、写意
诱惑小小的蝴蝶,用脚尖站立
舞蹈其上

对于前方我知之甚少
对于路边风景我正感受
叮咛让我小步缓行,因为快了
兴奋会像一件漂亮的金缕玉衣
包不住忘乎所以之躯
邪恶地飘移

四张山水

我说过,我有四张山水
不掌握在他人手心
因为他人不是佛
我不是悟空
四张山水,分别
包含四座青山
一张晒晒新绿
一张泼泼疾雨
一张扫扫落英
一张埋埋雪泥
我本来还有第五张
在上面淘淘稻米,谈谈思想,听听琴瑟
寂寞了,邀月松下去
惆怅了,断水投刀归
人生有画不完的画
而我说的这第五张
其实是我一开始就撒的谎
让藏在山坡上花草里的虫子
有了哭声

老房子

身体是老房子
有几处阴暗潮湿,长满青苔

在中年时期,曾修缮过
给脱落的墙皮抹灰,像换了肌肤

给木椽刷上油漆
做深层防腐处理

经厚厚的浓施粉黛
身体的老房子才大病初愈

这在我新生的垂暮之心里
又有了一番青枝绿叶的别样

苦孩子

冬天的鸟,是苦孩子
怯怯地
缩着身子,打量树梢

它没想换掉这身麻雀牌羽毛服
因为姐姐穿过

树上它的影子被天空衬得多么干净啊
就连灵魂都不让我看见

沙子再小也是石头

首先，再细的沙子也是石头
无论大小，你还在乎什么

能自身翻滚的石头
是块好石头，它的样子真像扬起的马头
用尽一生驮我

看它的坚定，轻松
我认为时光的利刃杀不死它后
我如果再不改变自己
会杀死我

因为，在自己的内心
自己是只困兽
无人搭救，自己想办法逃离囚笼

走走停停，或翻翻滚滚
看似没那么简单

风吹沙飞,眼睛躲闪

能从时光的利刃上多留一会
就能多懂一些不死的道理

变老和变轻

人在变老,生命在变轻
风从身体的某个部位抽走一些青草
集体的羊停止了生长

既然知道没有永生
那就必定有永死
茫然吗?惆怅吗?混沌的心醒醒吧
群山之上的孤峰
如果感觉到了熟悉、亲切
那是不是人类头顶上的墓碑
埋在背风向阳的三角地边
对着空洞的山下眨眼

试试,迎面的雨若要打湿
墓碑在那里
重重扑倒,用山腰刮破的一条深深血槽
证明那里流出来的不仅仅有清浅
还有咒语

事因起源

事因起源于一次勾当！用移动着的山影
绞杀我
我已不是人，是传说中的黑暗之木

在终年不见阳光的谷底
是我肆虐了时间，还是时间肆虐了我
这都不重要，重要的是
一纸宣判书，判我死刑

扔下红颜一去。如果还有那声亲爱的
如果还活着跑在丛林中
我肯定不会用丑陋绑架美好

那样，又何必对过去深究呢
一切只要不刺激
所有的软肋之上，须臾间长出无比的法则
不是没有可能

岭上大雪

我用什么点火取暖
问问已经枯干的树枝
似乎听见了回答：用我吧
我的灵魂可以燃烧我的肉体

不，不，我背负寒冷
看岭上大雪
像关注刚刚开始做的事情一样
张嘴吐出白色哈气
把沉重暴露

雪是水的另一种存在

不知道这片雪
是注水的身体
在下落的过程里
接受了寒冷的检验

还好,这是一天之中的傍晚
还好,那注水的身体
很快就落了厚厚一层
从天上到地下找不到一个黑点
仿佛世间瑕疵正在消失

有了这样的结果
请允许发个美丽的呆
去想通很多雪,只是
水的另一种存在形式

在人间,因为什么缘故
而没有察觉雪的融化

植树人和树坑

看见植物园里的美,让我
一下子进入了情绪
……她亏得是挖树坑
不知会不会动用发嗲,或色情

那些新生的绿色景观十分淡定
对她的欣赏也只是喜欢
她拿锹的动作

有时,天阴要下雨了
就希望她快快挖

因为我没见过这么美的挖坑人啊
就想这坑即使是陷阱
我也要抢先跳下去
愿意被人用温柔和美丽杀死

铜 灯

1

全天下,我喜欢铜灯发出的橘色光芒
照到灵魂,照到践踏
并暴露亡命之人
咬紧牙关,低头赶路
……我会说出
他要去的地方好美呀
可以安放受难的灵魂

我站到路边
第一时间认出他

2

把灯挂高处
给深夜回家人指路
(给黑暗指光明)
如果挂到天上去
那就高灯下亮
照出一些鬼影

3

但不会轻易从人心里面
端到人前

从钨丝开始,冰冷的身体
在点亮的同时,发起高烧
照红那些曾在黑暗中永无休止
拉扯抓狂的手指
变得清晰,变得一节一节翠绿
让我向天大笑三声
又一节一节长出叶片
如此反复,总是三声

"我真病了!"
因为不能平静
我怨恨自己的愤怒
想用水浇灭心里的火
然后把烧焦的药渣子举到泪里
继续与它对抗
或者说与病痛较真

4

打开灵魂之门
在铜灯面前刷存在感

蛐蛐儿、蚂蚱，蹦上门前石头台阶
踩住苔藓，转动脖子

我想靠近一点，我得试试
我的勇气能否一步登顶

每天都有许多事情发生
拿灯举例来说
它照不到墙上攀爬的花藤
而月光能，并还盗取了一场白日梦

5

驱逐灯下黑
只剩地上斑斓的光点
有人说那是摔碎的瓷片
又有人说那是路边摊上的橘子

而我不喜欢前面的比喻
前面的太硬，硬得强词夺理
我喜欢后面的叫法
后面的柔软，同时又那么漂亮

欢迎朝阳！升起朝阳

不可以抖落肩上红霞
朝阳正穿过林中
许多叶片后面躲藏的眼睛
才从露水里抬头
半空中睁开
而脚下那条一铺到底的小路
好像昨夜被月光挖断
新鲜的伤口，似乎淌着水声
使得安寂中听出幽远
现在变成完好了
证明以前的一切都是假象
闲鸟鸣涧
戏我不聪
山花的姐妹，我的亲人
把小路缠绕在白云山水腰间
她们旺盛
而我精力怒放
偶尔犯犯错误，也不需要语言太多
就能改正

欢迎朝阳！升起朝阳
面对每一天，都当成黄金和白银的珍贵
我，放射光芒

说起美景,全是回忆

多美的景象,在离去那天也会宁静
身后留下的空间
一颗太阳爬上来
换掉昨夜面孔

可能那里山变高
随便一行脚印通向了峰顶
可能那里森林变深
树荫里藏着一大批翅膀

原本的清晰,在回眸之中
已经喧闹,我用尽了目光的闪电
仍无法惊醒
春色欲浓里的沉睡人

我发现在这里与人分享
遇上一个与自己相同之人
他说起美景,全是回忆
树上花纷纷落下,似一场小雨

新破阵子

理解我吧,躲开寒风的刀剑
缩成一团火焰来到你的眼中

我知道,你预先编织的盔甲
挂在那里,是为了我

不再受人凌辱啊
我是出了名的微和弱,胆和小

你把我圈进怀抱
从没想过把我当作野兽放归山林

你训教我的柔顺
做合格顺民

而野性呢,你多会为我激发
我这头公兽啊,要参加领地的争夺厮杀

……最后,在一场传奇里,要安排一段
我受伤被人从河上救起

养伤家中,她炉旁添煤加柴
为我熬制中国草药,轻唱《破阵子》曲

是也,多日之后
我伤重不治而亡。诗,就此终结

寒风天空挥刀
《破阵子》哭号……

一副好棺木

在翻找内心的声音时
太阳翻找一片角落里掩埋的潮湿
哦，这是在没有任何提示下进行的
在乌青的根部
那些大于一生的过往
连缀无数碎片
给一个发出反光的亮点
戴上紫色荆冠

如果我愿意，并继续翻找
转移的流水，消退的月光
天空白变黑留下的死别
哦，用森林去打造一副好棺木吧
那样能让人等到
孤独对着棺木上新刷的大红油漆咆哮
声音的旋律
被风连同细微的漆味一同吹丢

夏 泳

在离家二十里的香邑湖上
每年六月我会变成一尾白条鱼
跳进水里，长出属于自己的腮和鳍
我会脱光身上赘物一丝不挂
手脚并用划动波浪
让水花上的红蜻蜓目光
掠过晒黑的脊梁
宽恕那些水下的欲求
并怂勇我在欢悦的暗潮里
大声说：我从不羞耻于形式
既然已经炽热自燃了
还有什么不可以放浪呢

狗头石

我喜欢把一川石头,叫成狗头石
亮光灿灿从山里作祟
比如卖萌弄鬼脸
张嘴咬裤角
跟我追着野黄蜂到处跑
累了爬到泉下沉思
耷拉招风耳朵
在茂盛的树冠下面
想学院里的教授人人戴着花草编织的博士帽
讲解动物与人类关系
一堂课时光漫长
导致听力下降
稀里糊涂听成了《论狗头石价值》
为了表示尊重和认真
我对准石头把眼睛睁得像铜铃铛
狠狠盯出石头表面渗出的金花
在布满石头的谷底
我怀抱的财富,此刻比梦想还多

山行图

尾刺探进花朵,微笑咧开嘴巴
这是咋样的动物春宫图?头顶晴朗,万里无云
尾刺探进花朵
山间草木提着裙裾,隐秘行走
一切那么轻盈
轻盈的发生,轻盈的错误
让道德修理俗世
身后的风
吹送落叶溪水上面漂流
绕开青石
双手捧住自己一张花粉刷红的脸
贴近掌心
今天交出了香气,或善意的刺痛
我相信了,因虫而异的光艳
爬上了膝盖
完美的屁股
对准人类

啼血杜鹃

杜鹃不在家
在高山密林里清洗淤泥、血迹
它用过的露水
存放早晨一轮红日
或浇花给心上人
它不示人的脸
风随便折叠
一片失态的江山,一张难展的笑容
它的爱情,让两朵
游移不定的白云夹住
"行不得也呀,哥哥"
内心的伤吐出
啼声由此老派
被善于借题发挥之人利用
去捏造事实
并叽叽歪歪鼓捣成诗

我不是空空无依之人

噢,累了,我掏空身上所有
只留满面春风浪迹天涯

天涯有空山,空山有流水合成的清泉
清泉旁种菊花,菊花开成黄昏
黄昏时分的樵夫、酒徒、疯子
它们正眼打量我

我,一个原本自卑的我
现在脱下虫声、月光、细雨的长衫
是樵夫、酒徒、疯子的朋友
一屁股坐上树桩
与他们之中任何一人对唱山歌

山里不分昼夜
但分黑白,这让我有机会看清了
我不是一个空空无依之人
独自游荡尘埃之下

伶仃

黑夜里伶仃
梦游
让镶嵌众多星星的天空
长满眼睛

我看不见
一片回归

我看不见稀疏的，漫不经心的
月光
因缺少银质而变得不再纯正

伶仃，梦游
在刻度盘的尾巴上
滑行者的声音
报出北京时间

大风一夜

大风一夜,吹丢了林中的花朵
我有没有知道呢

大风一夜,山坡上落石
挤占了道路

此前的风都不是大风
风被树林抱住,睡在怀里

睡的重量也轻
一片树叶就能接住

就能拍着,摇着,让那首歌
旋律低沉,让我端坐黑暗

安静,关掉了跃起的冲动
最后也披上月光入梦

那时,风还不是风,是一位画眉入鬓的
红衣人,落步林中,细碎而行

岳山道上

手里攥紧一块铜板
似乎无须证明出处
就被花斑鸠从藏身之地
描述出一个国家

第二辑　佝偻之身

在岑寂中容易想起自己的身世

诧 异

山上一块植被，被一束光照得特别亮
那种颜色像翠绿宝石

其实，比宝石还嫩还艳
只怪我文枯词穷
想不出更多的好文佳句

罢了罢了，这一束光尤其在下午出现
照出那一点淡绿时
让我诧异地缓不过神来

响 声

这场风,被当作儿时玩耍的石子
放进裤兜
只要我敢跑,它就敢响

响成一声大喝
断了当阳桥下的流水回到天上
断了我过多的欲望
用足够动听的美妙语言
讲述山水里的意境

我跑起来,快听,快听
虫声是一处闲愁
不进耳朵
而进耳朵的是感天感地感时的花溅泪
和一串响声碰热的心跳

雷阵雨

这几天,天总爱阴,动不动还打几声雷
像扯着嗓子喊:我要下雨啦
雨下了,只是几个雨点
湿了地皮,就完成重大任务似的
热热闹闹回天庭了

天庭可能摆上了庆功宴吧
我手里的花伞还没合上
太阳就跳出来
晒得我睁不开眼睛,晒得后背发烫
感觉像点着了亲人的炊烟

豆 腐

豆腐是黄豆做
黄豆是豆荚生
豆荚是豆秧长
豆秧是秋天收

我说我知道,秋天是田野的
田野是你的,你是磨豆腐的

这么大一块田野像这么大一块豆腐
被你放到单车上
推到我家楼下
开始学拉磨的叫驴,一声又一声地吆喝

在老知青家闲聊

这是傍晚,鸟声入耳
被两根遗落在深山里的铁轨
天黑前传回来:仿佛绿皮车厢的年代
载着理想和森林中的捷径
让平庸的前仆后继者
都以快速燃烧的身份过去

南林交，读《竹竿》

一

我是诗者
不为其唱为谁唱：

　　　籊籊竹竿，以钓于淇。
　　　岂不尔思？远莫致之。

这是一个钓鱼故事吧
噢，不是
在斑驳树荫里
那块睡在水边的圆石头旁
一支青翠竹竿
伸出《诗经》夹页，从水面上一点一颤
就浅浅写下了思念

（每当后人读到这里
他们眼中的垂钓之人
成了血管里快速游动的鱼
跳出水浪使风中传来悦耳声音）

这是鱼跳水的喜悦吗
噢,不是
这是水面落花思念的呼救
惊动垂钓之人
把我们领进假想

我们可以捕捉她青春气息
盛在诗经山水清凉器皿
铺上一层荷叶,再铺上一层
鱼戏其下
滋养乡愁和思念

二

我是诗者
不见其女还见其女:

> 淇水在右,泉源在左。
> 巧笑之瑳,佩玉之傩。

在垂钓人眼中
深怀乡愁和思念的人
慌恐地坐着
她们曾经嫣然一笑
而露出的皓齿
和身佩的美玉,散落各处
混为天地一景

如今像垂钓人旁边的圆石
因为被青苔束缚
终生没有挪动

（这些年，只有《诗经》读者
常借水面折返回来的星光
来看过她

她为人们揩眼泪，挑鱼骨
在淇水之左
在淇水之右
夜夜梦见
卑微的父母）

三

我是诗者
多有想象好有想象

青翠的竹竿
能感到体内震荡
垂钓的人有重量
乡思有重量
压迫着女子
我能为她做什么呢
我想用泪和山水调墨
画蛙鸣，画折枝

月圆之夜
点燃门上灯笼
让她闲来一睹

《诗经》山水在她妙龄体内澎湃
为乡愁垫底

新句：杨之水

明月悬空，流水北去
溪边采薇人
柔嫩如草

昆虫将卵生在上面
诗句在繁殖
风从山顶吹来
带着蒲柴淡淡味道

可心里还装着那封家书
捎信的鸿雁
三千年前停留，住宿，至今

依然强调过去的寂寞
可眼前胜景喧嚣
首次涨潮，让《诗经》水位
越涨越高，让读者看见：

"漂流的小花瓣回到林子
补好月亮一角"

花冠的骄傲

那是一道光，烧焦的花朵
刺疼的眼睛

那是一滴血，溪流中的鹅卵石
滚落千古尘埃

那是一个错误的句号，把牢房画圆
让永夜无昼

那是什么不重要，反正都是珍藏
不会主动展示

因为一池春水
刚好恢复平静

更因为沧桑也开始斑斓
送给花冠的骄傲

北平镇

晚秋霜重，突然感到紧张
我用一朵落花去投石问路
讨要时光的心愿

大地已经深不见底了
使得落花迷途后
我的感怀悲伤多么可怜
让泥土变冷，露水飞上脸颊

空气愈来愈稀
来自秋阳无力照亮的光影里
散漫的匿名客
躺进山野，身下荒草似几块补丁

颜色一点点走远了，还能回来
它们的腰间拴着草绳
相信秋天欠下的，春天归还

是的,什么都深了
唯有颜色浅了,投石问路的野花
像斑鸠随时会殒命。斑鸠黄褐色
常常歪着头站在山梁上

我被鸟声掏空了什么

鸟鸣钻进耳朵,突然一阵刺痒
像被掏空了什么
林中剩下耻骨的隐痛

鸟鸣不想慢,更不想停下来
我完全知道它的用意
因为只有这样才能打乱人间的平静

鸣一鸣山川草木,叫一叫流水琴音
它不愿鸣不愿叫对与错,是与非

它眼里没有几条人影
而我心中却是人满为患
天空对我来说,都过于高远
让一伙饮食男女古古怪怪暗示渺小

但没人告诉我,来自鸟鸣的刺痒
到底掏空了什么
它的手很纤细吗?藏在袖子里

为什么不让山林去想一想呢?太长的时间
鸟鸣都是一个词
闷了,枝头跳一跳,像影子和谁粘贴在一起

温暖之中

相信温暖之中,一定有我
从初春到初夏,从初夏到现在
秋天虽然凉了,我仍温暖

仍穿单衣,要展翅去登山越野
不控制情绪

跑来跑去,秋水长天
和萝卜青菜共一色
和我一样埋头,但不顺从命运

相信温暖之中,一定有我
鸣叫,求偶,怀上山里的小红花

写 意

我说起,世上最难的写意
让所有的轮廓黑白不清

像模糊,隐去了线条,直角
在自我的圈子里一度迷失

我喜欢这样,纤细的东西
变成虚虚的肥胖,或者强大

比如让低矮树木,在半个月亮的
皎洁下拉高了身影

比如让燕子捎来细雨,在晚风中
濡湿泥土里的灯火

写意虚了,颜色静了
野花就爆满了山坡啊

我一个人站成一片花笼轻纱

叫张望的眼睛,随便看随便想

无声的我,像僧似佛
一动不动地修行

行走的心跳声

你已经听见了，我的心跳声
顺着峡谷走来走去
我的目标，是没有目标
方向也不固定
万里群山，座座山峰相连
让我不敢仰望
我做错了什么呢
多年前就怀有羞愧，卑微
不如荒草自信
但我的行走暂时不会停下
因为我还不想对着岩石诉说什么

我想的就是多

一边走,流水在侧
它不仅能流响
还能干净照出影子甚至灵魂

一边走,山路在前
它不揭开自身的蜿蜒和曲折
还请你登高看天下的好处

此刻,我想的就是有点多
在山中小小时光里
发现所有平凡事物
都有寓意,都有我身体留下的部分

一边走,在虚无清风里
心间饱满
山野和流水饱满
我爱饱满的所有和全部

并认为多余也是饱满
其他,什么也不是

无 题

星星的眼里,月亮脸上的痦子是金豆
紧跟着秋天后面的菊花自己亮闪闪

我看见这亮闪闪,恍若一根
由上而下的丝带
扎起柳永夜晚的《甘草子》
卧进花间笑

这一笑轻了骨头,被蝴蝶和蜜蜂抬走
匆忙入梦
漫游菊花翻滚的浪峰变成黄色

在沉积中埋藏着灵气

我梦见密林里的落叶
厚得像一片海

所有的鸥鸟在海上翱翔
所有的鱼类在海底潜游

水天一线吹荡着胡须
诉说死神也有迷人的一面

我望向大海,在望向自己
我的眼睛变成又宽又大的院落

里面装满波涛,风暴,沉船
在天亮之前,全被一片月光淹没

这就是我梦见的密林落叶
在无数的沉积中埋藏着灵气

佝偻之身

在岑寂中容易想起自己的身世
我佝偻着身体,思想弯曲成弧线

不能想太久,像不能用喧哗和激情
描述渐渐暗淡的天色

那里,夜空深远,流星尖叫
声声刺破颤抖的心室

那里,涟漪微惊
旧时光变往昔,我认识了苦涩和快乐

最后,泥土的身世,一段枯木般
再也坚持不住了,咔嚓断裂

轰然落地吗?这种壮烈不属于
卑微者,不信去探询尘埃

尘埃无语,在人世黑白分明的眼里
我佝偻着身体,思想弯曲成弧线

放晴日

我把春天穿过的衣裳拿出来
那上面的颜色还没褪下
像等这场从南到北的雨
画上句号
我就在天空放晴日
到外面晒晒彩虹
蒸发男人女人体内多余的水分
给山河遗落一至两个
生动不朽的句子

这么多年

这么多年,该泪流满面了,
不是流水满面
我说得如此轻松,这么多年
不把鸡毛蒜皮当事情
像不把天涯当遥远
不把山峰当海拔
这么多年,我常常无原因地流泪
像我适应了哭的哲学
而放弃了铁石心肠的硬度
这么多年,隔着虚空倾诉
在等小城开满鲜花
我希望一个妙手回春的大夫
诊断我的笨拙
我愿意配合这种检查,并允许
泪水缓缓流过
像不写一字的瀑布
挂在李白的前川,我动人的脸上

在一朵落花上放进重量

在一朵落花上放进我的重量
加速坠落

在落地之前,允许我哽咽一次
那我就凝满寒霜
紧捂住脸
泪眼望深秋

我在人间也曾坚强生活
用身心温暖草木
春来进一步,秋到退一程

吃五谷杂粮,喝白开水
健身登高,山顶上学大鸟飞天

而现在,我无法减轻落花的重量
像我此时,一下活到八十多
渴望返老又还童

坠落低处,在阴湿的野地上
落花与我筑草庐
一同养生一同养病

问 答

"早晨,鸟声里有一块天空的蓝"
你告诉我说:
"真的,相看两不厌"

我走过去,以手拍拍你的赞美
你挺了挺肩
把我的力扛住

鸟从东边来,鸟从西边来
——同在一棵花树上
吹风

晴天,放光
使两个人看见了
小世界

两个人的心
在山水里反复转着,走不出
白天,或夜晚

鸟啼不是我的声音

我听见,鸟啼不是我的声音
它从我身后清脆响起
就似一只手拽住了衣衫
就似美丽的脚步突然踉跄
仅仅一下,像乐曲慢了一拍
像被花朵绊倒,摔进红尘
忘了本性,忘了回答

记住,鸟啼不是我的声音
我的声音被滚滚洪流淹没
只有我能听得出来

石头从寂寞中醒来

石头从寂寞中醒来
感到想说的第一句话
就被青草上的露珠弄湿
所以赶快紧闭嘴巴
等待地久天长的枯荣

要湿就弄湿美丽的眼睛多好
时间会用花瓣和叶子擦干
早晨的风从此跑过脸上
眨动一下忘掉左顾右盼
再眨动一下回到泪水中央

石头自己说:"穿戴整齐了出门
获得为一只鸟、一只虫伤心的权利"

窃爱之贼

一个窃爱之贼说:我来了
寂静的空气说:嗯,来吧

跳过云彩的天空
鸟声托举着后腰
吓坏了母亲的惊叫
她拼命跺脚,振动着田野

一个窃爱之贼说:我来了
寂静的空气说:嗯,来吧

窗外的绿化带不断长高长大
挤占了狭窄的人行小径
使得一些藤蔓常常缠住人心
那片风中会弯曲的植物啊

一个窃爱之贼说:我来了
寂静的空气说:嗯,很好,快来吧

天色暗下来

可多少风景依然很美
在这样的美中,一棵树挡着,我
准备偷吻到来的夜色

我开始

我开始背对着你,一片狼藉的
景致,没有方向目标就打开了所有之门

我开始朝你跑去,一阵心脏的
跳动,让鼓声迅速离开震碎周围寂静

我开始背诵你的名字,大青山的
影子,压得我四季喘不过气来

我开始偷看你的眼睛,长睫毛的
密林深处,女妖坐在松海林涛的船头

我开始煽惑你的流水,浪花的
慌忙开放与熄灭,预演着绝望在逼近

我开始识别你的魅力,漂亮衣领上的
香气,迷倒一群男人像迷倒一片群山

我开始领取你的奖赏,天边燃烧的
晚霞,正为激情的颁奖词套红

我开始想好了把你的爱心留下,晚餐的
盛宴里,独自享用无法拒绝的恩赐

春天复制了嘴唇的可爱

还在开放,还在继续自己的梦想
这纯粹扰乱了一场秩序
像两片花瓣轻启世界门扉
用气流喷出鸟叫在口腔中共鸣
声音优美,随一条河水流过眼前
让青山遮不住,明亮照天空

请接受吧。在牙齿上进出的风
吹乱一朵白云步子后
我对天发誓
是春天复制了嘴唇的可爱
热情献出慌张的吻

从心上拿掉一块石头

如果我能做到,那样的话
我会整个人无限轻松
像从心上拿掉的一块石头
让它干净地发出青色
让它圆润地变热
如果我真的做到了,那样的话
满世界有风的声音吹响
不似清脆鸟鸣,不似钢铁敲打
不似这块石头的流泪歌唱
感动今天,乃至今后
所以,把石头举过头顶
用尽春天种子发芽的力量
在寂静的天空,在不胜寒的高处
让它粉碎,让它纷纷如雨
让湿砸疼脚背

死

放进一些比空气还轻的梦
唱着歌用手拍呀拍
灵魂安静下来
这天晚上时间很短
他需要休息好,需要恢复体力
明早上路的唢呐声
绕过一片树林后,把他送进天堂

为他一路抛撒的纸钱如雪
仿佛纷纷落进田野的鸽子
覆盖苍茫一片
而我真想和他同行,真的
他有那么多的美好向往
他住在那么高的家里推开窗户
冷眼看透了天下许多事情

告 白

如果听到爱,那是旧爱
还在坡地,守护白头的芦花

落日将近,晚霞满天
我想说的话,留在舌尖上

枯草,竖起衣领
逼出冷艳

孤鹜,在天边
没有逃走的征兆

我轻易陷入深秋的呢喃
身体渐趋消瘦,像攻破的城池

所以,露水从眼里
做最后告白

对近墨者的解释

要从灵魂里挖出一块墨迹
浸染水天一色
要从大处着眼
——勾画沉默,坚韧

目睹了一场决绝
就会趁人不备时
目睹了自己
独自前行的过程

越是走出去的遥远
传回来的越是像天边隐隐雷声
震得越响
耳朵越疼

仿佛被那一块墨迹摸了一把
一个人沾上了黑暗
开始放纵任由着性子
月光照不到美丽,就自己出来发光

石头之记事

石头滚烫
抱着取暖

没有人能泼一头冷水
龙王也不行
恨得咬碎龙牙

为证明给我看:石头的前世是岩浆
煮沸蓝色海水

有人说:那是光荣
也有人说:那是无耻

太阳熄灭的时候
金色小花的香味越来越浓
但闻不见大悲和大喜

让石头滚烫
烧得脱光衣裳,挂到空中

露出肌肉

只有风能翻卷
那些沾有洁癖和灵气的衣物

火焰和冰雪

把我放进火焰,让灰烬飞舞
喧嚣尘上的脚步
和光影里的翅膀,难以模仿

把我放进冰雪,化成春天之水
滴答流成一股细浪
缠绕白云人家腰间

告诉火焰冰雪,我来时
一只小灯笼提着夜色
总被什么赶着往前走

往前走,熬过一千一万年后
我内心深处强大,愿意轻轻抬腿,转身
再也不想惊动过去

药　草

在草没有变成药之前,我的葱茏,青翠
把美捕获,把美娇媚

我在高高的山上,密密的林中
或清亮的水边,手握一把芦花

我有用处时,便成无用
无用处时,便成有用

我的色是褐色,我的苦是甘苦
砂锅熬碗救命的药汁

从我的幸福上
为病句疗伤,给断章接骨

能 够

这一天,我能够看见,听清,下面的事情
——落叶是凄楚的
正渐渐消失,融入泥土
——鸟声是徘徊的
一次次浅跃,腾空,自我呜咽

头颅,茫然转动
告诉我,白天悲喜满怀
到夜晚同样存在
同样纠缠,交错,对着空旷询问
而空旷的回答,没有实际内容
可被沾染或悬挂

我和它们之间
似乎全是生死之美,生死之乐
我的心也是
拒绝提醒,想象生死之谜

感谢这个词,能够流水一样疼痛
土地一样肥沃
能够把再次看到听到的,变作多愁善感
变作风的踉跄,心的踉跄

衰 老

现在,我把我的衰老
说成青草衰老,秋天衰老

现在,你们不反对我的说法
我的说法在事物的正反之间
插成杨柳新枝
长出会飞的脚

这让我致谢你们
我站得高,看得远,看得清
有比常人不能比的痛快感觉

未来,我将比鸟声早起
说出你们关心的天气
我口气平静,如乡路细小,炊烟风弯

现在,我时时预防衰老,像落叶背靠西风
流水提醒冰冻
春天躲着情感的洪水猛兽
撕咬桃花堤岸

高处颂

放低一些姿态,遣散部分语言
那种生命显露出的美
不喧哗,不惊扰,打动清新,打动我

倚天看天,蓝色沉默
拿来山坳里的草色
赤红青紫应当宝贵
应当可以镇痛,可以止住内心慌乱的念头

在高处,侧耳倾听,没有颂歌
我只好使劲唱:一条大河波浪宽
然后,在云层上面掉转船头,寻找航程

高处是寒?是险?是奇
我在高处心跳加快
像能感到平仄的五言七言
用爱抒情,然后做《山海经》里的大鸟
在一册线装古书里飞翔

水面平静

无风,水面平静
蓝天落进水面亮如银镜
照人影二三,躲入水底纳凉

人影个个美丽
像睁着眼睛睡觉的鱼
都站着参禅

如果巧了,一块水面接住一粒飞鸟粪便
水面立马颤动不止
像我脸上生出的皱纹

我承认,平静的水面之下
也有乱世迷魂
说一口细碎梦话

叫我唤我,送我热诚之心
迎风抱紧一朵将要破碎的浪花
而使力用命

安 慰

没有安慰,孤寂大过天空
我把夕阳埋在暮色之中
哀悼它的同时,也哀悼自己的一生
零碎,伤心

因为星光,像有一个仪式
我捧出辞花颂果的香味
设下华宴
纪念一位青春不再的悲痛之人

我以自己为点,画出生命
画出淡绿的我
颜色抱几片碧叶摇晃
而春天的外面没人惊讶,没人向我致敬

漫长的光年
等来的喜悦和知足
依然在沸腾的
心河上漂

让我说,让我唱吧
没有停止,我永远宽大为怀
在那棵幻树下
边对你们想念,边让牙齿奏乐

夜寄鱼玄机

昨天夜里,我画了一个女子腹部
旁边写着:这是鱼玄机的

我把画铺在桌上
用"诗文候教"
木牌压住,怕兴风作浪

昨天夜里,我痛哭失魂
从梦里惊醒

揉着红肿眼睛,看见满天落花中
刽子手利索的一刀砍下

溅起香艳的血迹没有 3D 效果
也就没有立体空间

也就没有一个
安放王朝画卷诗作的殿堂

昨天夜里,我身穿白衣,项戴枷锁

来到摆有鱼玄机的书架前

低头认罪地说:"挤一挤,咱们困觉吧
咱们莫让春光负流水"

一对赤裸人,像自己打开了花生壳
让红色胞衣,充满期待的

用诗的精液,射花的卵子
孕育含冤屈死重生往来轮回之人

第三辑 欸乃声

让欸乃声,摇晃着

堵住耳朵

望不尽

望不尽,山一层一层地
拦住去路
像我刚才坐在树桩上
翻动着画册
就见一只戴眼镜的昆虫
从里面爬出来
弄乱弄脏了自己身上
一块一块的颜料
分不清层次

在安静等待出山的日子里

大雨
路断
在安静等待出山的日子里
我抽掉裤带
放松自己

欸乃声

下雨天,放一曲《江河水》
让欸乃声,摇晃着
堵住耳朵

听不见来人敲门
我就不用出去
一心等待音乐的高潮

达 人

傍晚,把韦应物横在野渡的木舟
偷划出来
一桨唐朝
一桨宋朝
一桨元明清
等天亮跑过民国,到现代
有人说我是达人了
不允许上岸

蜻　蜓

葱绿的苇子杆上
蜻蜓的长尾巴
弓字形撑在苇子腰间
为了支点牢固
身体弯了又弯
就像飞机从天空降落
放下了所有重量

在海市蜃楼屋顶上

在海市蜃楼屋顶上
太阳升起
照亮鲸鱼喷出的水柱
高得像用两棵翠竹连接起来的水柱
高得从山顶能摸着的水柱
高得像长腿美女的水柱
从购物广场出来
脚下踩着蓝色泡沫
她们用手拍拍胸脯
我看见那里面
装满又鼓又实的珍宝
大海里的鲸鱼真有才干
给我喷出这么多奇异想法

美人王元香

刚离婚的王元香,走路
屁股左扭扭,右扭扭
像大号帝王企鹅
两手划拉着风景
划拉着路两边斜视的眼球
她为展示自己的不同
故意甩一下美人头
就甩丢了张二哥的想法

读柳永词,与之问答

在有月,有花,有酒的晚上
我向你提一个问题

"《乐章集》里你把胭脂,蝴蝶,银子
给了女人,为什么独留下诗"

"因为热血,精力需要
一个喷发的出口"

"那我的热血和精力
只给了一个唯一的女人和祖国"

"所以,你看不见暗中的,许多隐藏的
美好东西,你写不好诗"

噢,想不到爱是这样培养的
我告诉祖国各地的人们

空山不空,以美为满

空山不空,以美为满
我从春天带来和解之书
化去寒冷,生出温情,一片重归于好声里
做一段扭动的流水河卵石上拥抱

为见证这个时刻
山顶上走动的人故意放低了姿态

故意天黑前,轰出一群翅膀
扇动那么多张会飞的嘴
一口口咬着喜悦

这喜悦越小越多,越多越轻
越轻越伤害不了自己
从空到满,我的爱横流
浸泡大山巍峨

前世狭隘,我没付出
今生,换个朝代我另有无心之美
成全山野空旷

拐弯看到自己的影子

走再远,也只是到拐弯时
才敢回头,看身后影子悬立尘土上
我说它好看就好看
散发着体温

有风,亦飘。无风,也亦飘
学人把手搁在胸前
捂住那声心跳,像鸟叫不是鸟叫的
暗通了音律
拨响绷紧琴弦的流水

我没想逃离,或躲避什么
影子跟在身后,像红颜跟在身后
像梦,像酒,统统
跟在身后,追随我渡黄河,下江南,或出塞

一路上,身后的影子
面貌清奇,俊伟,像寂寞满怀的公子
从山水间做大块文章

断 句

长着一张脸,让马驮着一张脸
四处晃

常把表情变化
丰富内心,丰富世界

皮下组织埋藏胸中块垒
和无法告人的妄图

一边摆萌晒日照
一边弄姿晒烟霞

一边画眉一弯月
一边描唇一泓水

用爱洗爱
用恨洗恨

学不学英雄斩美人是自己的事
学不学好汉打坐骑是自己的事

长着一张脸，让马驮着一张脸
认真走江湖

扬万里是个好老头

杨万里是个好老头
很多时候他忧国忧民
但他上茅房见到苍蝇飞过也会写诗
而我不行
尽管我上的茅房现在贴满瓷砖改叫卫生间
擦屁股也不用土坷垃了
用了一种柔软的纸
但我就写不来
这不能说明我缺少责任心
不关注民间疾苦
我常在一天工作劳累之后
坐进黑暗沉思
我一想到白天的某些事
就望着石膏天花板顶棚落泪
所以,写诗跟关心不关心国事家事
不沾一毛钱的边
所以在我写不出来的时候
也会和杨老头一样感觉风光不与四时同
也一样偷乐,享受自然
把手伸向竹子,捉一只昂首挺胸的青虫

捉南宋中兴诗派的诗魂
总之，杨老头是个好老头
我努力向他学习，争取蹲着
也有惊艳天下的灵感

晋国的爱

花了，幻影的眼睛里飞出香气
晋国的花园，场景凌乱

最边上的曲廊，最深处的幽静
最活力的游园人，当属女子吧

我热爱她们，像热爱晋国
她们现在出现，以后就不会了

那时我将孤独而老而死
所以，我的嘴唇要马上亲下去

我热爱我的晋国，用一个词反复表达
用一朵花营造语境

山川草木绿纱罩面
作为形象，这标志多么重要

作为被记载下来的美好
她，她们。我，我自己。散发出芬芳

现在幻影不安,漫过水的眉了
而我忙着晋国的事务,兼做道歉工作

"对不起了,前往的春天停止了
太阳齿轮卡在冬天无法旋转"

偶成：飞出情感

我能说出春天开放的三千种花名
像能说出沉鱼落雁闭月羞花的典故

三千朵花吸引三千只蜜蜂采蜜
可一条阳光就虚幻了三千朵花的身影

仿佛传说中的她们轻舞翩翩脱下彩衣
河水里小心搓洗满脸羞红

这让我开始笑春风透着妖娆的名句
后来哭迷失的蝴蝶飞出一次情感

失足在悬崖上

失足在悬崖上发生,像一棵草一样
与风相关,忽东忽西。与人相似,忽悲忽喜

在没有落地之前,把以前忘记的事情想起
比如春色、晚宴、邂逅、离别

崖底的土地起伏,绵延幸福一片
像多年前就等在这里的恋情
守着骨瘦如柴的灯火,以最残酷的方式相约

完全肯定,这根草失足以后
我就把脸轻轻贴在地面
心里空出的位置,留给怀念的月光

北风比刀刃还快

北风比刀刃还快,在冬天使劲地磨
磨成闪亮的光芒,在刮骨疗伤的手臂上晃动

我故意跟在风的身后,无孔不入地奔走
眼中的伤口渐渐虚空、迷离,不知谁的山河

直到手臂愈合像树枝抬起,雪地上留下的鸟的爪痕
用繁花的字体通告寒冷,我才知道

磨吧,把自己的灵魂磨成铜镜
照我内心的火苗舔舐静死的寂寞

幸福迷失的春天

此刻,我是献身春天的人

我的手轻轻放在春天之上
青草的头颅烘热掌心
我就把心跳捧出来,激动给你看

到了白天或夜晚
所有的花朵比树木幸福
它们捂住自己的胸脯,小心开放
它们的芳香,让我突然迷失自己

它们救我时发现
天下翻开一本奇书
完美是致命的单词

与涟漪有关

与涟漪有关
它是一片老去的水域

像一个仪式开始后
即将自我的结束

生生灭灭,死死亡亡
让来处是来处,去路是去路

这像好事近?仰或坏事近
这像食草食肉,食色食性

把人生包裹抖开,催我举鞭打马
踏碎飞霜,快速逃离

让脸色月光般煞白
挥泪写下三朵梅花小篆

——啊,命苦
但舍不得皮囊

这一生虎头蛇尾,从腰以下变形
最显处最宜见

我手指微颤
滤掉了水,但没留下沙

我家本民宅

门外灯光一边照出遍地白霜
一边照出心上寒冷
我身体里的冬天,让大雪封山

我要走出
这大雪的封山

我要唱人们喜欢的歌
嗓音要像北风里铃铛
在手中摇呀摇,摇落满地铃声
撒在出山路上

我要在灯光里认出所有人
和自己的脸孔
这好似模糊的绚烂
无一不在一时三刻之后
有被雪花割伤的危险

我家本民宅,本平常
我发现灯光飞起来如冻伤的黄蛾
无声无息之极,难受至极

赶 路

头顶星星赶路
身形摇晃成远山

远山，远山，还在看不见的地方
藏龙是你，卧虎是你

我学你不像
想挥手揽月的样子

想推开南天门
一副孤胆，一副孤芳

无人赏识，唯风过耳
扔下喧哗连云天

所以，迷与惑
情可堪

远山独一座

群峰无数重

看不清的路旁,草丛里
虫声引领着月光漂白的风尘

瓦尔登湖

那是鸟声叫来黎明后
把太阳置于九点钟的天空
我请出梭罗,端上一盆清亮深碧的水

告诉他,《瓦尔登湖》要有心情
才能读进去
可我的心里总不平静,总被风吹皱

像我碎了,总没有完整过
就交出阅读的
空白,那一片一片文字变成的飞花

从远处看,这么多年
瓦尔登湖蓝呀蓝
蓝得夺人眼目,乱人心智

如水面波光粼粼
如山色纯美之极
如鲈鱼贴岸洄游

是这样啊，天地很大
瓦尔登湖岸边，永远栖息着一个人
他一天一见上帝，交换手里的信物

福 气

我的嘴上常常挂着
享受大地时给我的福气

我在新年里娶回鲜艳的新娘
给她注入桃花的血
生命里就有了汗水的谷仓
盛装那么多鸟声和轻风

我还在节气的谚语里编织
网住青烟或紫霞的梦
我要让天下观看的人，能够看清
水中鱼类和陆上飞禽走兽的满足

到时候，我会邀请异类朋友
比如蚯蚓、燕子、布谷等等
一辈子都靠出力养活自己的草根族
来到春天的居所，吃掉花朵烹饪的大餐

最后，我会从太阳那里放一把火
企图烧出人间各种感受

流 星

翅膀掉了,用腿奔跑
拖着的光线
就是自己的尾巴

路上有那么多的星星举着小灯
照亮命运,照亮
一个盛满黑夜浓汁的巨大容器

不要消失,请在心上
布满星辰的棋局
使得花鸟鱼虫走出大片幽暗

流星啊流星,原谅它踩疼头顶
"这温和绵甜的宝贝,我叫它:乖"

数《落雪图》中的三片雪

我数过,雪只有三片
在《落雪图》的空中,少得可怜
但很真实
从我眼里又落一遍

我接不住,三片雪
在构图上是三片空白
每一片都有溢出的内容
告诉我它们三个是天空吐掉的激情
路过观图人的身旁

想想一处佳境
扔下了栩栩如生的
一块黑色石头上
坐着的樵夫

望向樵夫,我必须用上
一天的全部时光
并乘他出神发愣之机
去领悟一把斧子

是怎样对树木表白

现在可以了,把脸抬起来一点
我那久未见人的嘴唇
可能是干的
我随时准备喝下洁白,去止一时急渴

香邑湖

水波动,于小岛拐弯浅滩处
一块凸出绿洲
像人类额头饱满光亮
那上面的芦苇,密如须发
在有风无风地摇摆喧哗
惊飞几只花尾巴的水鸟
更轰出一条拖着白浪机帆船
"突突,突突"地匆忙回家
而站在岸上的青山
巍峨不作他想,只愿如人一般就好

山中唱晚

再也没有比晚霞燃烧还灿的绸缎
从山顶挥手
再也没有比离别还心酸的场面
让我从白天看到傍晚
百鸟归巢的飞影倒映天上
让我一阵一阵慌张
我要去到秋林深处,跟在渐凉的轻风身后
脚步踩住夕阳移动的响声
就会看见满山红叶
正如梦般缩小,悄悄祈求爱的光顾

与鹤同类,有一种孤静之美

刚才还站在水边
现在飞走

刚才还在思忖
我不忍心打扰
它那种旷世孤静之美
衬高了天空

它从我眼里带走多余色彩
还原黑白
记忆中底片上的一个亮点

它绝傲,在绝傲之处
头顶着这个亮点
曲项向天歌

但它为谁而歌?为谁而歌?为谁而歌啊
我求索答案
等在原地时
我,也有那种旷世孤静之美了
把天衬高

问此江山

清风吹过，红色狐狸奔跑岭上
用慈眉善目，催我游荡

我比一个孩子顽劣
捂住嘴巴窃笑

嘿嘿："大王让我来巡山
而我来寻昔日的人，来日的花"

所以，我是我的粉儿
紫和兰算尽了机关
正遭到一缕亮光前后堵截

风，越吹越小。媚，越开越大
因祸得福，我感到有什么东西呼之欲出

溪流能够猜到
时跳时跃的水声，没入鸟口之中

叫不出的狐啊
一个在跑,一个在找
我一声问此江山,它们露出了春天的一角

游青松岭,自己像回家的昆虫

1

我把激情的松针
抛向崇山峻岭
像我灵感中电光一闪时偶遇的诗行
操着山里口音,引领鸟声
在高海拔地方吟诵羽毛
并偷乐,自己足不出户
安居太岳山麓

2

一年一次,分别穿上春衫和秋袄
但要一年两次听绿色故事
松树躺在山野怀抱
但松树不是弱不禁风美人,是乐谱

让松树之歌
电钻般欢唱

而绿松塔呢,萌呆呆

我笑一声可以吗

3

游了一程,山色浸染身影
竟忘了自己在地球哪端晃动
并掉了出去,又掉回来
在青松岭找见自己

原来我是春天的设计
不是乐谱,是一只回家的昆虫呀

第四辑 散曲:远

相信,两情远

落花离春天远,白雪离火焰远

活 着

我活着,不敢碰雪花的
融化,和牙齿咬破嘴角的愤怒
我活着,不敢碰泪水
病危通知单,和死去活来的爱情
我活着,不敢碰回忆
过去无论好坏都已成旧梦
我活着,就是活着,是坚持,是原则
我活着,不敢碰死者的尊严
那是对神的敬畏
我活着,不敢碰乡愁
因为乡愁柔软经常躲不过去
何必又给异乡添乱呢
我活着,不敢碰醉酒,贪食,妄语
这些都是埋在路上的祸根
如果可以,我活着闲下来,有空了
我会轻轻碰碰白菜,黄豆,南瓜的好
轻轻碰碰牡丹,芍药,茉莉的香
你就不碰了,因为怕你疼
我心多于不安和怜悯,因为再坚硬的物质
也会脆弱,腐朽得
变成一团空气

致兄弟

兄弟们啊
我想躺下来，成屋后乱石岗上的黄土堆
像是坟包，古冢
让人们既有敬畏，又有登高
可以靠着我的肩膀
头顶蓝天，播云撒雾
渴了饿了，从我身上摘些野果充饥
累了困了，听百鸟百兽催眠
我想躺下来，这样交代后人
那道石门关上就关上了，不要打开
我躺在里面，黑黝黝的森林很好
星光描绘的夜幕也很好，这些任由人们用想象
填满，夯实，不要留出空地
因为我是一个不安分守己的人
有了空地，我会翻身，磨牙，做梦
偷跟在虫子后面钻出地面
不带羞涩，不见外地
拉着新人遍种九月九日的茱萸
忆我这三十年前，或五十年前，或一百年前
或更早年前的旧人

钟表,在墙壁上停止了行走

钟表,突然在墙壁上停止了行走
像风松开了林梢
整个世界的叶子低下眼睑
陷入哑寂
这如我被取掉部分腰部骨骼
或叫作核的物质
忍受着残缺和丢失的完美
啊,在所有时间里
我让头顶的月亮尘,化一贴神秘膏药
深藏痛苦时才吐露的词语
膏药为此引来了流水
磨炼出响声
像在河岸,把苇丛当作葳蕤的打击乐器

我熬着,熬着时间,熬着嘈杂
但此刻,钟表突然在墙壁上停止了行走
它无望告我
在这一刻,路断,花残,马蹄声倒下
你该如何处理?如何选择呢
才不蒙羞

我希望，尸体进入琥珀，成为化石
这百无一用的，让天下人眼睛发蓝的石头
真能代表永恒吗
不见得啊，如果代表多年前进入琥珀的昆虫
倒是可以选择
我选一只爬在伤口上，瞳仁悲凉
看着钟表摆动的铜块
摸着琴键，敲打心跳
问你：我要怎样与时间站成 90 度角
去免受痛苦
我要怎样拧紧发条
去追赶马蹄声？告诉我
钟表，突然在墙壁上停止了行走
你可起死回生？

散曲：远

相信，两情远
落花离春天远，白雪离火焰远

蝴蝶和蜜蜂不在一条道上跑
蜜蜂近
蝴蝶远
这让评论的口碑两者相差远

美离丑远
生离死远
时光远

行，脚步要动
影早逝，身已远
风追不上，云看不见，雨淋不湿
藏进月亮，雾中
躲在太阳后面，夜里
心更远

血，流不到脚板，下肢凉

热就远
但离病近,近到人的眉毛鼻子跟前
笑离哭不远

小马拉大车,拉不动
路途远
游子离家远
外出觅食的麻雀离巢远
恋爱异地远

夏天,燕子离大好南方远
冬天离北方远
我在北方喝酒,唱歌,近女色
离我远

我看你,对你着迷,赞美,夸奖
作揖
你,胭脂红,景致远

大风歌

二〇〇九年十二月四日,临汾八级大风
这天风推着我走,我省下的力气
用到嘴上去说钱财,风月,诗歌

我腮帮子里面的环境优美
适合生长上面的话题
而腮帮子外的"呜呜"风声也不错
像极了火车从远而近
带来多年不见的亲人

我望向亲人的泪水,不会迎风流落
我在他们眼里读出吹响天空的微笑
宽容飞扬的纸屑和沙尘的穿梭

我突然爱上胸膛里吹出的寒潮
在小小的狭窄忧伤里,练习歌唱和赞美

冬天迈的第一步

冬天迈的第一步,脚印状如花朵
从周围开满星星点点
似乎是我眼里射出的火焰
温暖驱赶寒冷,慢慢谈爱

一个人一步迈回旧年,漫天的雪
掩埋羞耻,掩埋行走的道路和站牌

在冬天不再去河边钓鱼,山上赏景
心情开始素雅,淡泊
容易把自己当成局外之人

冬天迈的第一步
停在悲喜交织的地名上,踩疼鸟鸣

遇故人

带上谦卑,低头赶路

路旁闪过万物
唯有故人出现
才说认识

语音急促犹如荆棘
挑破落日
……从一条不灭长河上
抖动万匹红绸

你停身,握住他的手
也握住了伤口
传过去的体温
让青山碧绿

你遇故人
身无长物,就赠体温吧

隐身暮色

此后，山水镜像里
多了一张陌生容颜

流水抖动起晚霞
鸟声暴打森林
山顶寺推开一扇望月之门
心底菩萨冒出来

太阳将要落山
星星准备起飞

菩萨掐灭光明的同时
又点亮黑暗
他动作轻柔像是怕碰疼什么人
我隐身暮色，目不转睛看完整个过程

骑手和时间

去年到今年,我都是
骑在马背上度过

送走的朝露和晚霞
代表我在不同时间
分别忘掉的事,记起的人

这些都像往常,蹄声沾满泥土
音乐一样敲打落花
惊动空山流莺

但我想,从现在起丢掉缰绳
让白马慢身转过
光照亮皮毛

从现在起,想让我和它的立身处
四野归静
我背对黄昏平复心情
它边擦汗水,边舔孤独

在屋檐下躲一场雷雨

到一片屋檐下躲雨
真奇怪,当我顺着墙根蹲下去
发现只有我一人
被雷声唤醒过去的记忆

那一年,我只记得雨前
我在一张纸上
信手写下:对我扭动细腰长腿的山花
胸闷,气压低,呼吸困难

没能等到下午
天空乌云翻滚,南山戴上黑帽
门外玩耍的孩子拍手唱
"刮大风,下大雨,里面住着白毛女"

时至今日,我不知白毛女是谁
心想,假如我能认识她
我愿带着蜂蜜和泉水
陪她一路下山

碑 文

用我离世前的美德
买块石碑

上刻：春天要绿，山水要明
一只晒太阳的青蛙要蹲在荷叶中间
羞怯且甜美

风，就请绕道吧
包括有野心的小鸟
我只想让爱停留，让光靠近

我把自己放进月光的中心

我把自己放进月光的中心
让鲜花的掌声包围
等多年以后,时光衰老,掉了一层土渣
可我看去更加年轻的心态
仿佛是忧伤从没袭击过的一片山水
鸟,要飞就飞。鱼,想游就游

现在,把多余的想象不说
为了一个诺言,蹚开月光去赴约
问:你在春天里吗
我在春天里,月光的日子有滋又有味

旋转一下身体,月光推开门窗
楼头的树扮成弧形
陪我像月光中心的待着
风吹衣衫,思想飘落
掌声或开或谢不被人看到

这是一次臆想,月光多次出现在面前
它默不作声深入黑暗
发现鲜花的舌下压着一角夜空

北风喊起我的小名

这是初冬,北风呼啸喊起我的小名
它声切切,音喊喊
仿佛有一个想法要说
仿佛拍遍门窗无人应答
它满怀忧伤,哑了的喉咙
灌进一片苍凉

我没听见,在有暖气的屋内
电视片中那只漂亮的羽毛
与春天偎着头,等我做出感想

所以,北风把我的小名干脆喊成鸟叫
在心上飘忽不定,在天空一闪而过
让我看见向前飞翔的影子
像猛烈跳动极不安静的精灵
无法控制自己的姿态

在白昼交替之后
北风喊来一场大雪,伤感如花

在唐诗里度过一天

这天,我把一枝茱萸递给兄弟
插在心头生长
然后告诉他,这是九月六日的礼物
菊花和酒一起灌醉
朗诵诗歌的声音

明白吗?这一天的许多光芒
照亮思念的眼睛鼻子
因此,兄弟你手上的茱萸
活过王维诗中的一行
而我手里的
长成浪迹天涯的漂泊

不知是喜是忧
今年一枝唐朝的茱萸
被我温暖的目光,一碰而断

雁北荞麦

不是今年北上雁北
就不会认识开小白花的荞麦
隔着地头五米距离瞧去
不禁要问
这就是吃过的荞麦吗

它的前身是这样妖娆
被风吹着身段
舞起来多么生动多么美

此刻是在山里
如果在故乡的平原上
人生倒退回去十年
我会把它当作邂逅的情人

荞麦花让我冲动、感叹
喝下比喻、形容的矿泉水后
花香挤出了体内
像流了一身大汗

山野和空旷

站进山野，蝼蚁也知道
比试空旷
会有种阔大无法到达

哪怕心在途中
一条无风无雨路上
起伏的江山
引诱庭院里的花朵
开成娇艳人面，向我不停招手

爱山野低处
不登高峰
谷底流水里石头也做兽状跳跃
一惊一乍，鸟飞冲天

正当空旷，时光的深处
在蜜蜂运来春天之前
只能幻想

语音留言键

打尘世里回来,与温暖抱头痛哭
我才明白你的话
你的意思辽阔,正从低处向高处行走
美过风中一只大鸟
带着湖泊,森林,房舍,鸡鸭

一切都是你的声音,比细小虫声还软
敲开我的耳朵
听爱人的心律,贴紧山脉跳动

像有了依靠,我住进语音留言键脚下
散发弄舟,载酒而歌
容忍家乡花园的荒芜和江上孤烟湿冷
我用无言说,无细语
把此时的心情,涂上彼时的色彩

我们约定,今生你问我风雨
我只答你幸福

一个天不会黑的地方

准备好了,我要去一个天不会黑的地方
那里金色抱着绯红,流水抱着石头
当然哭也抱着笑
一切的一切,生命被激发,碰上了闪电

在我的计划中,没有《蜀道难》,只有《将进酒》
把我带进微醉的状态
正好用来接吻,或者芭蕾

如果愿意,我可以解读《诗经》的小镇
像解读心潮上涨的水声
响成山溪之美

那里会给我十万级的春风
我要接受,并藏于爱情的宽大袍袖
然后用鹧鸪发出召唤
忽地叫出我的姓名,被清香簇拥

走遍江南七省,行李越简单越好
只要够发芽,够吐绿,够从一人心上
用来结缘就行

天亮前

天亮前，我要你为我留下夜晚的温情
把南山当窗帘，把窗帘上的丛林
捂在翠绿掌心，不要打开
让天空的明月叫人永远举头
让斟满的酒杯
盛装一滴桃形花叶上的露水
打湿相望的眼睛

天亮前，让我们重新睡去
躺在四角印花的蓝色床单上
像躺在春天的版图之上，梦的云朵飘来荡去
比一块没有重量的丝绸还轻

就这样，千年时光慢慢悠悠
无数安宁从身后抱住微吟的呓语时
自它的手臂上传来薰衣草的清香
缭绕深深呼吸

别醒来，在一千零一夜的故事里
南山在窗外小心收集鸟声
怕吵着爱情的耳朵

致 Z 信

农历癸巳年夏夜,我做梦把你放到歌赋里
用三面的流水和环山喂养娇颜
喂养自己的虚荣

我从不怀疑,我在你的周围就是盛开的野菊
用朴素的面容,自说自话
只到时间把我变成老人
陷入深深的回忆

那时,我会想起你曾住过的屋前
鸭子划水,蜂蝶扑腾
多少年不知多少年,它们相安互戏
让我的粗布衣衫卷起岁月
简直忘了困苦

有人说,这就是爱情,样子有蓝也有紫
而我碰见过一个江南人,他风度翩翩
对我讲起杨贵妃的荔枝
说是怎样的肉多很甜

说是怎样的为了保鲜爱情,让一个国家跑断马腿

今生你自去花丛,我在来世等在路旁
用最美的忧郁把你领走

每一只昆虫都有一个祖国

低头在一只昆虫上
目送它翻过一堆砖瓦块
我相信它会原路返回
静静等,在下一刻时间里
让整个动物界屏住呼吸:
"让安静凝聚成一条嫩芽"

每一只昆虫都有一个祖国
和自己的身体
它同众多优秀公民一样
长着豌豆脑袋,顶着风尘
朝我的黑影子挪动
它多足的脚又细又长
专门制造亮点的
穿上红跑鞋,向运动员炫耀

在一条流水上寻欢

在一条流水上寻欢,以歌穿越峡谷
让乱石堆中跳跃的脸庞
清清亮亮,撒下自己的眺望

发现蜿蜒曲折里,每一处都落满
银白的宇宙尘
夹杂着黑色的沉重

低吟着,某个灰飞烟灭的瞬间
沙沙舞蹈般的影子
嵌进石缝,因月光
而弯曲,而光滑,而令我动容

轻快的流水,被我抚摸
播种在流水上的浪花像女儿
始终扬头,高出水声

我想拉住这水声女儿的手
我想让其变大,给蜿蜒曲折里的破绽
补上一块春天的丰腴

山　寂

山寂，溪水声传出去多远
像听到自个胸膛里的心跳
虽隔着石头
也传来铁锤击中的振动

溪水是绕腰玉带
松绑出激情和愤怒

这让出山的翅膀
带上火光一闪再闪
这让一只滚动的甲壳虫
被绿林之姿，撩拨得兴起

而我呢
一走在回旋无尽的山路上
就见低矮的灵魂
夹紧大腿

这样子不胜浓雾笼罩
唯用忧伤解释

关闭眼睛,关闭低语

风高天黑,晚归人
握住的那片月光
正一点一点流失

像芳香离开了花朵
温度离开身体
我的心离开我
落地,成灰

哭泣
让闪光的泪
流干

我不要看
请关闭眼睛
关闭低语
在月光的田野,在自己的家

内心是小小泥潭

内心里面,是小小的泥潭
像沉没的空陷区
囚我于一方

四面高山,挡得住风
挡不住心
梦等我在秋色中一深再深
用深激起希望

这样,像一度熄灭的死灰复燃
我隔着灌木丛缝隙
爱上了眉清目秀的长尾巴山鸡

爱上了山上红叶,红叶风骚
裹着光影和清香

爱上了自己
一双抓自由的手
如今,空空什么也没有

追蝴蝶

我把蝴蝶追出去了很远
现在它就趴在野花上
像天空下多出来的一块亮点
照见太阳转身以后那片湿暗的地方
有一截枯枝
代表腐朽的旧朝
有一片尖利的石头
露着亮茬,闪着白骨的光芒
有一面缓坡山冈上的草木
全长上了天,在风中层层摇头
掩埋了时光古丘

通过蝴蝶的外表
我发现华丽之下的一颗内心
颜色是那么的红和纯啊,正滴着血

在一块石头里,晃进晃出

在一块石头里,晃进晃出
以东为门
清晨打开看见对面山坡草丛上
挂满昨夜雨水
比泪珠明亮

像身后城市的亮点
我感到它是雨水,泪珠,或者法规
都变成万物一种

我也变成。如果这让两个貌似同类的
我和石头分开
深山会陷入死寂
留下鸟声叫疼一片空

并叫疼我,在一座峭壁前
以东为门,打开远眺
向遥远传递平静
我有坚硬心肠,在群山怀抱之中
又白又亮的石头里,终老不去

成 形

站到河边,看水里倒映的天空
被轻波细浪摇得难以成形
这像我的错,我真想抚平水面
露出一大块光滑的镜子
照出天空蓝色的容颜
但这又怎么可能呢?始终无法
聚集一起的影像,被轻波细浪
逐个驱散,像削尖的芒刺
扎在疼痛的肌肤上

"咕喔喔,咕喔喔"

"你知道路,我拂去你衣服上污泥;
我许诺,不会留下痕迹。"

——[美国]斯坦利·库尼茨《父与子》

1

八月初十,我出生那天
屋后山上一只大红小公鸡踉跄学步
不看天,只看地
学土里刨食

石缝里一棵小树
想扶它一把

我就是小公鸡,大了就是大公鸡
负责打鸣,奔波劳碌

2

我家屋后小山不是大红山
而我是朵拉嘴里的大红公鸡
想拼命长大
对着星星许愿

许愿打动了上苍
在我身上撞出了力量
我的尾巴翘上了天
遮挡住路灯

对不起市政公司
对不起警察叔叔
我把车流看成了溪水
把街道当作了山谷

把一面彩旗
（在广场中央）
当作了裙子

3

什么都错了，什么都乱了
我因紧张而崩溃
一句"咕喔喔，咕喔喔"没叫出声
成了一串腐烂的浆果

4

山里曾丢了一只松鼠
我不负责
我只负责看好它的女儿

松鼠的女儿娇娇隔着一条流水
焦急地转圈

流水任性
不理解人意
只顾自己跳跃奔跑

5

为哄娇娇开心
也为妙极的世界喝彩
用一段流水响声敲树干
边敲边举一片树叶到头顶
上面写着：小学一年级三班李某某
我名字

6

你们看不到我内心
也就猜不透我想法

每天早一些时候我内心很平静

晚一些内心活动就多起来
仿佛都来不及感叹
我捉住毛毛虫
带回家,养在庭园

我爱毛毛虫
爱得死去活来

7

报刊报道过我爱毛毛虫的样子

我扇动翅膀
伸长脖子
"咕喔喔,咕喔喔"
毛毛虫从我嘴里吹响了口哨

这下没人说毛毛虫悲剧了吧

有些事说不明白
就不说了

我还小,还没长大
干吗要说明白呢
要想说明白
等我长大后再说吧

8

爸爸爱朵拉
妈妈也爱朵拉

但我不吃醋
吃米粒

"朵拉,朵拉,带我们去找孩子吧"

我听到了爸爸妈妈的呼叫
但不出声
我没有吓唬他们的意思

此刻,我在森林里忙着建一座小木屋
啄木鸟给开的门窗
蜘蛛编的遮阳网
尤其屋面要求高
能看见满天星,若碰上下雨还不能溮进来
这难坏了织叶莺

我翻山越岭地帮它
去了一趟城里书店
(那个时候没网络)
查阅了大量资料
从朝阳东升到西落

我学成了工程师
也没找到世上独一无二的屋面施工法

9

大脑空白了
喝净带的泉水
吃掉一把种子
灵感也不发芽

……回来时整个人都在梦游
但心里挺明白

10

"朵拉,朵拉,你在哪"
爸爸妈妈还在喊
屋后山不高
把喊声送出去十里

世上,也只有朵拉能找到我
但愿她不会听见
我祷告

11

爸爸妈妈的喊声里
不知道什么时候多了一个细嗓音
是羊姑姑的

羊姑姑爱唱歌,唱情歌
她曾请我弹钢琴
唱《莫斯科郊外的晚上》

莫斯科郊外的晚上
除了月光花园,还有什么呢?

直到有一天,夜里
一位留着长胡子的山羊
送羊姑姑回家
我就知道了,莫斯科郊外的晚上
原来有大胡子

12

我的心真细
每次想到大胡子
就想到羊姑姑
她的笑是铃铛花
风一吹,就变小动物
成了会奏乐的昆虫
长着豌豆脑袋,顶着风尘
丛林里钻进耳朵

13

羊姑姑说:"我去找朵拉
你们去森林找找"

羊姑姑,你别去找朵拉
你找留长胡子的山羊去吧
爸爸妈妈你们去北边别来南边
北边林小草浅,不绊脚

我的木屋在南边,才建成
再给点时间
我按照道路和景观的设计
完成梦想

准备请市政公司把星星领来挂在门外
请警察维护交通
请胖乎乎的毛毛虫
做这套房子的形象大使

14

我的梦想神乎其神
但现实沉乎其重

我牺牲自己的鸡冠子
力求为肃杀的秋天
在上面保存一块颜色

15

我不知道,朵拉山外写生去了
她的画夹里藏着一座城堡

也不知道,一位老人说过:
"城堡打开,黄鹂出来,
灰麻雀出来"

朵拉也出来,撑起小花伞
不让尘土落在头发上

朵拉,朵拉,带上棒棒糖
让蜜蜂也去吧
身前身后绕着飞

16
朵拉不怕动物
我喜欢
但她和我怕医生

医生戴在耳朵上的听诊器
一头常常摁不住天堂

毛毛虫回答得妙
常常摁住屁股

屁股上好,屁股上好
屁股上肉厚打针不怕疼

17

"哎呀"
"咕喔喔,咕喔喔"
我的耳朵突然被爸爸拧住
疼得嘴咧成了瓢

"回家,回家"
天快黑了,毛毛虫放跑了时光

羊姑姑没找到朵拉
后山找到长胡子山羊
它俩被月光举到了柳梢上

18

市政公司亮灯吧
警察叔叔下班吧
朵拉打开画夹对着白天写生的草稿
开始创作吧
毛毛虫干啥低下头

"抬起来!抬起来!向天望"
看我一天的成就
满满,挤掉了肯德基
和麦当劳

19

八月初十，我生下来
没奶吃
自己土里学刨食